Nadarín

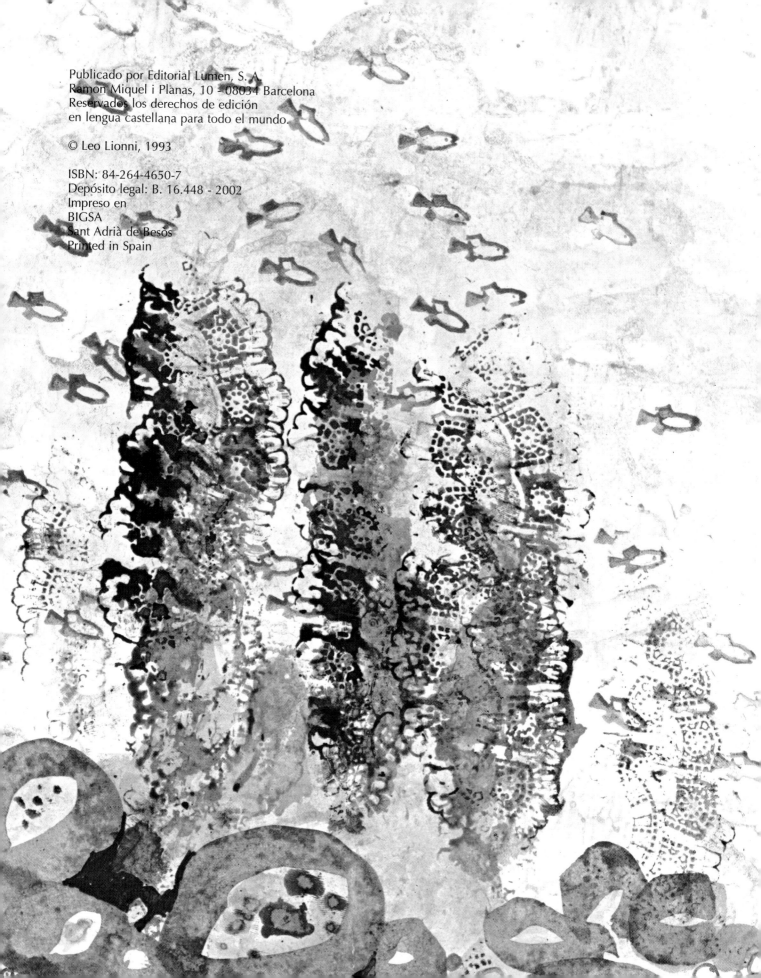

Publicado por Editorial Lumen, S. A.
Ramon Miquel i Planas, 10 - 08034 Barcelona
Reservados los derechos de edición
en lengua castellana para todo el mundo.

ISBN: 84-264-4650-7
Depósito legal: B. 16.448 - 2002
Impreso en
BIGSA
Sant Adrià de Besòs
Printed in Spain

Nadarín

Leo Lionni

Traducción de Ana María Matute

Editorial Lumen

Una feliz bandada de pececitos vivía en un rincón cualquiera del mar.
Todos eran rojos. Sólo uno de ellos era tan negro como la concha de un
mejillón. Nadaba más rápido que sus hermanos y hermanas.
Se llamaba Nadarín.

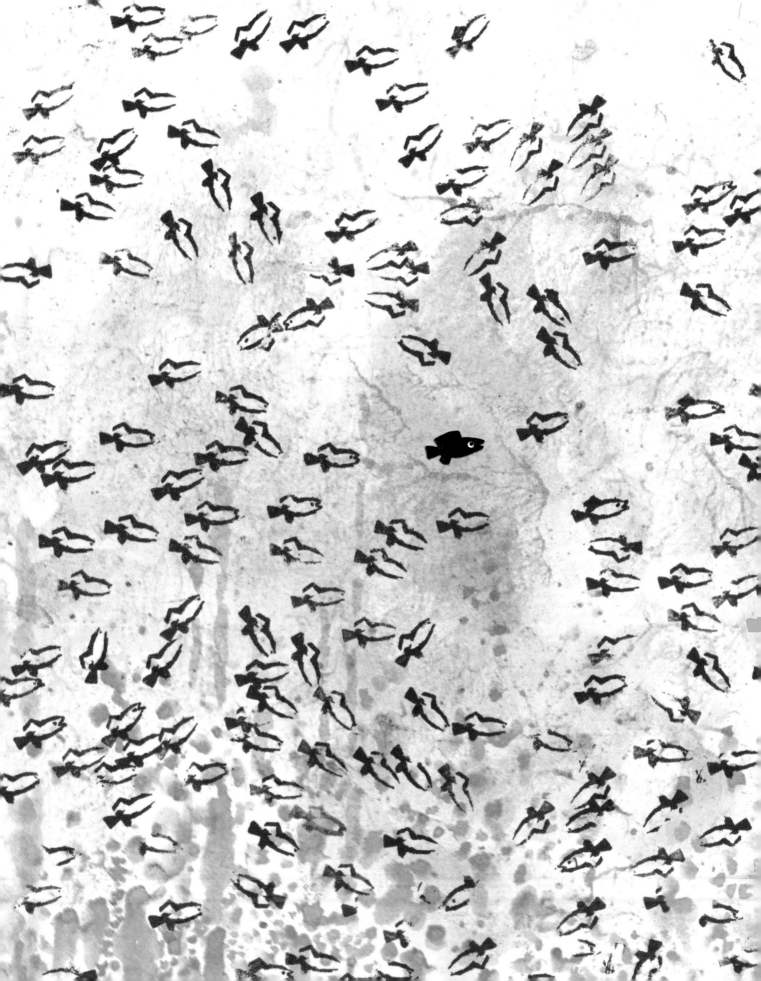

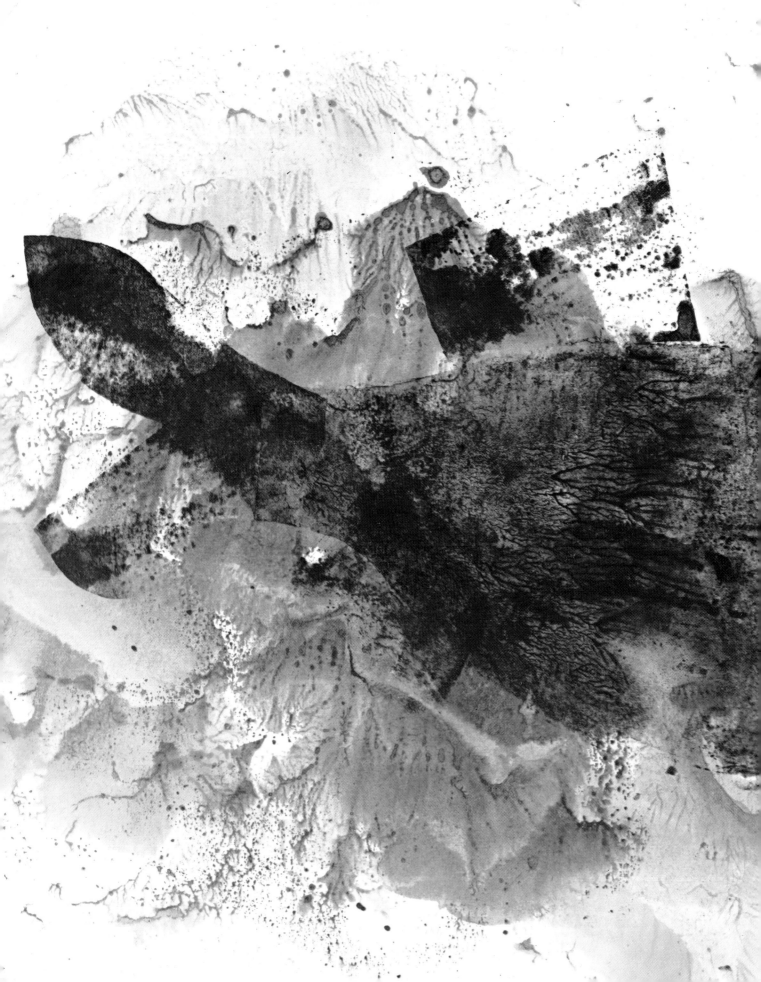

Un mal día, un raudo atún, fiero y muy hambriento, llegó como una flecha a través de las olas. De un golpe, se engulló a todos los pececitos rojos. Unicamente Nadarín escapó.

Nadó, alejándose en el mundo húmedo y profundo.

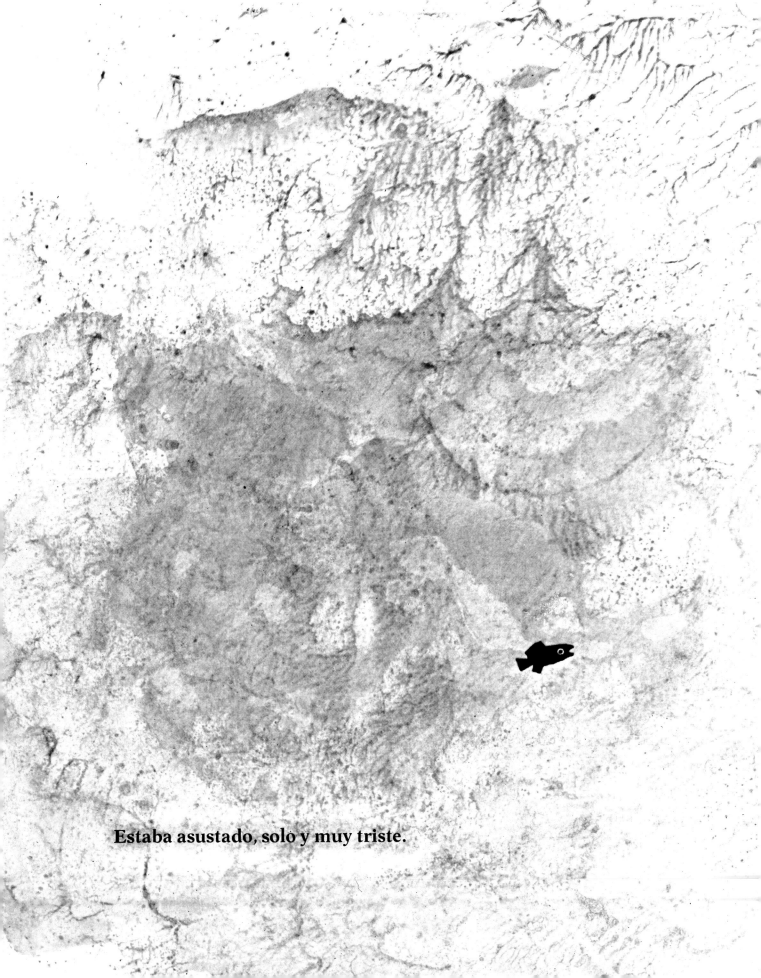

Estaba asustado, solo y muy triste.

Pero el mar estaba lleno de maravillosas criaturas, y mientras nadaba de asombro en asombro Nadarín volvió a ser feliz.

Vio una medusa de gelatina arco-iris...

una langosta dando vueltas como un molino...

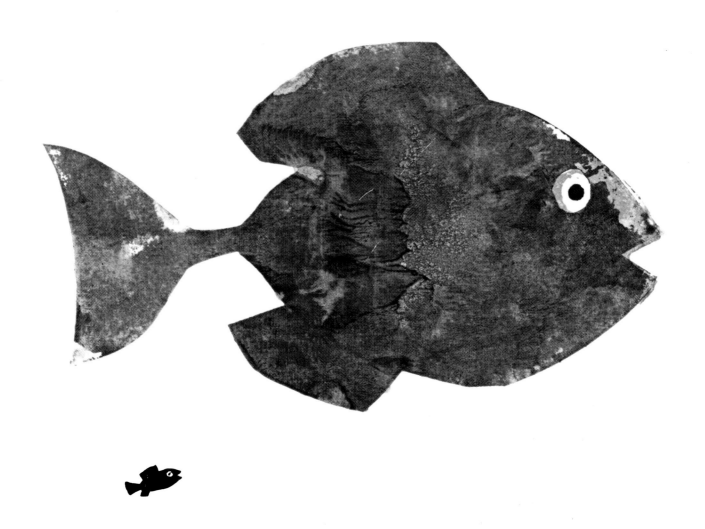

extraños peces arrastrados por un hilo invisible...

un bosque de algas que crecía en rocas de azúcar cande...

una anguila con la cola tan lejos, que casi se olvidaba...

y anémonas de mar, como palmeras de carmín, meciéndose en el viento...

Entonces, oculto en la sombra de rocas y de hierbas, vio una bandada de pececitos, justo iguales que él.

"¡Adelante, vamos a nadar, jugar y VER cosas!", dijo alegremente.
"No podemos", dijo un pececito rojo. "El gran pez nos comería a todos."
"Pero no hay que quedarse ahí siempre", dijo Nadarín. "Hemos de pensar algo."

Nadarín pensó, pensó y pensó...

Entonces, de repente, dijo: "¡Ya lo tengo!
Vamos a nadar todos muy juntos, como el mayor pez del mar."

Les enseñó a nadar muy apretados, cada uno en su puesto.

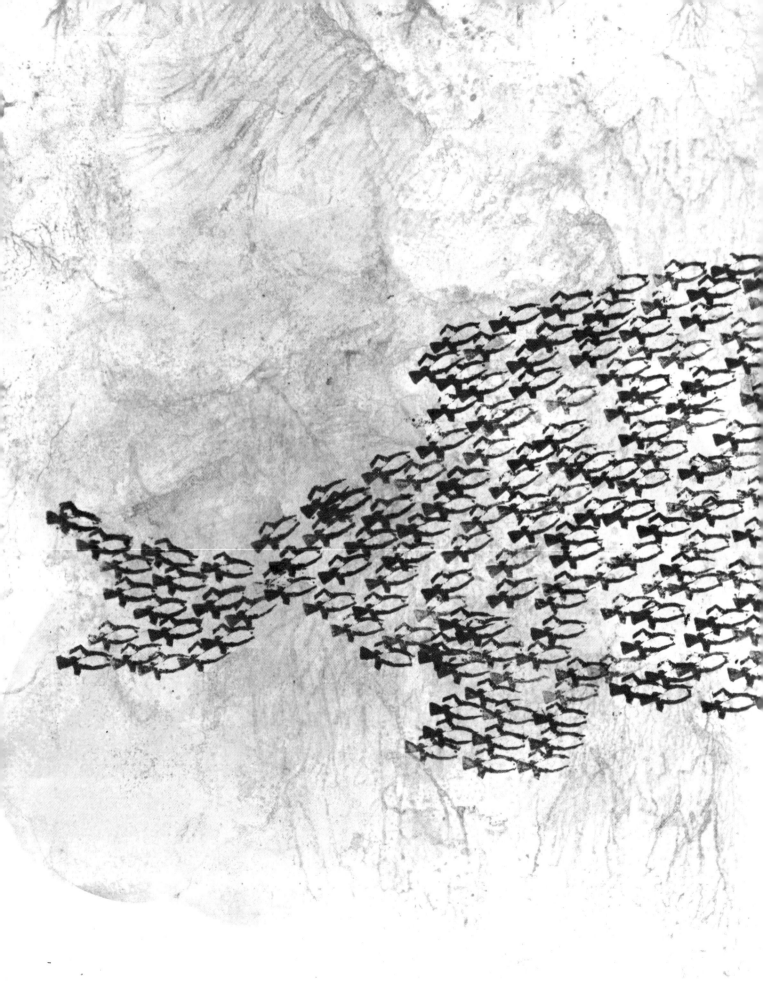

Y cuando aprendieron a nadar como si fueran un pez gigante dijo: "Yo seré el ojo."

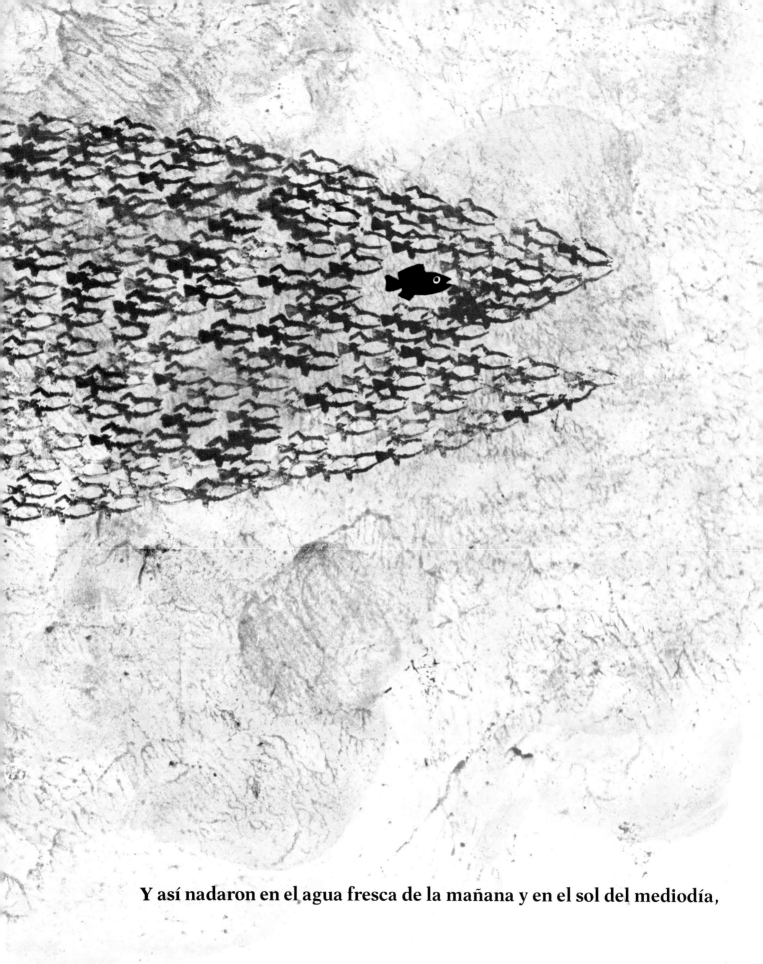

Y así nadaron en el agua fresca de la mañana y en el sol del mediodía,

ahuyentando al gran pez.